イーム・ノームと森の仲間たち

岩田道夫

未知谷

イーム・ノームと森の仲間たち

目次

雪はほんとうにその辺りいっぱいに降りつもりました。　2

1　イーム・ノームとザザ・ラパンが
　　　　しらかば林でミーメ嬢にぱったり出会いに行く話　4

2　よいことがあるような気のしたミーメ嬢に
　　　　　ほんとうによいことのあった話　19

3　ホフぎつねが"さっき"と"いずれ"を時計で計った話　32

4　イーム・ノームがちゃんと約束をはたす話　43

5　オル山猫がさがしものを見つけられる話　55

6　イーム・ノームとクふくろうが
　　　　同じことを2度思いつくこと　68

7　みんながおべんとうを忘れそうになったこと　85

8　川下り（1）　98

9　川下り（2）　113

エピローグ　126

雪はほんとうにその辺りいっぱいに降りつもりました。

それはとても寒い朝なのに 光はとてもあたたかそうなので ザザ・ラパンは白い息をはきながら 不思議そうに目をぱしぱしさせました。
やがて 青空を見ていたザザ・ラパンは 友達のイーム・ノームのところへ行こうと思いました。
雪は夜のうちにすっかりふりつもりましたが ザザはその上をポクポク歩きながら もうじきほんとうに春がやって来るなとつやつやした木の芽を見て思いました。
ザザはしらかばの林をぬけて行きました。
と むこうによく知っている姿がみえて おやっと立ち止まりました……

*

ちょうどそのころ イーム・ノームの家の中は 朝がやってきたはずなのに 何故だか真暗でした。

11

イーム・ノームとザザ・ラパンが
しらかば林でミーメ嬢にぱったり出会いに行く話

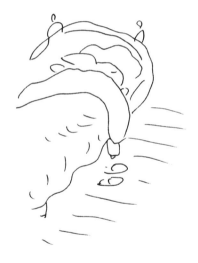

イーム・ノームの小さな家は
すっかり雪の吹きだまりにな
って うずもれていました。
イームはベッドの中で思い
ました。
(ああ……)
それから次に
(うう……)
と思って もう一度
(ああ……)
と思いました。それから少しして また思いました。
(……今日はなかなか夜が明けない……いつまでもまっくらだ
……もしかして 今日は朝がないのかもしれない……するとぼ
くは まだ起きなくていいのかもしれない……それじゃぼく 今

日はずうっと眠っていて 明日になったら起きよう……)

それからまた イーム・ノームは思いました。
(でも……もし明日も朝が来なかったら どうしよう……明日もねていなくちゃならない……明日の夜に 朝が急にやって来たら こまるな……やっぱり 起きなくちゃならないもの……でも明日も朝が来なくて あさってになってやって来たら ぼくはもう すっかり眠りくたびれる……そうしたら こんどは夜になっても眠りたくなくて 何をしよう……)
すると 窓から急に小さく明るい光がさしました。
(あ……)
イームはまぶしくて 目をとじました。
すると窓に いっそう大きく明るい光が射しました。
(う……)

イームはふとんをすっぽりとかぶりました。
　最後に 窓はすっかり明るくなりましたが もちろん ふとんの中のイームにはわかりませんでした。
　やがて 窓がぎしぎし鳴って 開いたようでした。
(朝が入ってきた……朝が 窓を開けて入って来たの 初めてだぞ……)

「イーム　おはようっ」
（"イーム　おはようっ"って　朝が言ったみたいだ。ぼくもやっぱり"おはようっ"って言った方が失礼にあたらない……いや初めてだから"はじめまして"という方が　失礼にあたらない……）
そこでイームは　ふとんの中から大声で「はじめましてっ！」と言いました。
「おや　イーム　風邪をひいたのかい」
（"おや　イーム　風邪をひいたのかい"と朝が言ったみたいだ……でも　なんだか朝の声っていうの　ザザ・ラパンのに　似てるなあ……）
そこでイームは　少しばかりふとんから　顔を出してみました。
「あ　まぶしっ……」
イームはまた目を閉じました。
「おはよう　イーム」
また　別の声がしました。

（おや……朝が二人いる……
明日の分の朝も　いっしょにやって来たのかしらん…でも　もうひとりの朝は　ミーメの声に似てる……）
そう思ってうす目を開けてみると　ザザとミーメがそこに立っています。
（朝って　ザザやミーメそっくりな顔してるよ……）
「イーム　きみんちすっかり雪にうずもれていたからね　外から

開けたんだよ」
とザザが言いました。
「おや　そう……」
イームはやっと　そこにいるのがほんとうのザザとミーメなんだとわかりました。
「あ……ぼく　いま"ありがとう"って言ったかしらん？」
と　やっと　イームは目をぱしぱしさせながらききました。
「いや　くしゃみしたんじゃないかと　思うよ」
と　ザザが鼻をすすりながら言いました。
「ぼく鼻をかみたい　ね　チリ紙あるかい？」

「チリ紙……ぼく起きたばかりでよくわからないな……」
「私　ここに持ってるわ」
ミーメがポケットから出してザザに渡しました。
「ありがと……」
「ぶるっ　僕も鼻　かみたくなりそうだ。ちょっと　窓閉めてくんない？」
イームはそう言ってすぐに起き上がると　厚いセーターに頭をつっ込みました。
「もうお日さまは　たくさん昇った？」
イームはセーターの首をさがしながら言いました。

「いや お日さまはひとつっきりだけど
もう高く高く昇ったよ」
ザザはそう言って
「ゴミ箱 あるかな」
と あちこちさがしました。
「ゴミ箱ならあるよ でもぼく
いまいそがしくて 教えられない」
イームは セーターの右手の方に 頭を出そうとしていました。
「……あ あった (ザザはゴミ箱をベッドの下からひっぱり出しました) さっきねえ しらかばの林を歩いていると 雲のやつ 青い影をぽとぽと落として流れて行って……」
「……うん」
イームは 今度はセーターの左手
の方に 頭をつっ込みました。

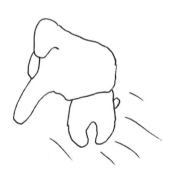

「……そうしたら ぱったり
ミーメに 出あったのさ」
「ああ……」
イームはやっと セーターか
ら首を出して
「……くるしかった」
とつぶやいて 目をぱしぱしさせました。
「ええと……ぱったり だれに出会ったって?」
「ミーメ」
「あ ぱったりミーメに出会ったの……ああ……それ とても

いいなあ……ある日ぼんやり澄んだ空を見上げて"あ　雲のやつ石英みたい"だとか"しらかばなんて　雪にくらべたら黄色っぽい"とか思いながら　歩いて行くと　ぱったりある人に出会うんだ。そうしたら　今までその人のこと　ちっとも考えていなかったのに　急にもうその人のことで心がいっぱいになるんだ……ぼくも　ミーメにぱったり会えばよかった」
「あ　そう？　そんならイーム・ノーム　これからさ　しらかば林でぱったり　ミーメに出会ったらいいよ」
ザザは天井を向いて　別に何でもないことのように言いました。
「ふうん……そんなことできるの？」
イームも天井を向いて　考えこみました。

（……でも　ザザの言うことならまちがいない…ザザは僕のすぐれた友達だもの……）
「……うん　じゃ　そういうことにしよう」
イームは決めました。
すると　ミーメは困って首をかしげました。
「……私　どうしたらいいのかな」
「うんミーメ　きみね　これからぼんやりと　しらかば林の南の端から歩いて来なよ。ぼくたち北の端から歩いて行くからね」
ザザがそう言いました。
「うん　わかったわ」
ミーメは　窓を開けて　出て行きました。
「……ミーメが見えなくなったら　ぼくたちも出かけよう」
そこでザザとイームは　ミーメが見えなくなるのをじっと窓か

ら眺めていました。じきにミーメの姿は大きな雪のうしろへ
見えなくなりました。
「……ああ　ああ　見えなくなったね」
イームはうれしそうに言いました。
「うん　ぼくもそう思う。もうぼくら　ミーメのこと　考えちゃ
だめだよ」
「え？　どうして」
イームは　驚いて　ききました。
「だってさ　ぼくたちミーメに"ぱったり"出会わなくちゃな
らないだろ。それなのに"ミーメに会うんだ"なんて思ってた
ら"ぱったり"出会えないじゃないか」
「そうか……じゃ　ぼくたちミーメのこと忘れなくちゃ……」
「そうさ　さ　窓を出よう。そうして　かっきり十歩　歩いたら
ミーメのことすっかり忘れてるって　ふうにしよう」
そこで　イームとザザは窓から外へ出ました。
すると　ほんとうに　外では太陽が高く昇っていて　もう　丘の
上の　五本並びのポプラの木より上に来ていました。
そうして　ポプラの根元に　きっちり五本の青い影をくっつけて
いました。
二人はゆっくりと　歩いて行きました。
「さ　十かぞえるよ。一　二　三　四　五　六　七　八　九
十……よし　ザザ　もうミーメのこと　忘れた？」
「いや　きみが今言ったから　思い出しちゃったよ」
「ふうん……ごめん　じゃ　さいしょっから数えなおしだ……

一 二 三 四 五 六 七 八 九 十 と……」
「さあ こんどは忘れたぞ」
とザザは ほっと白いため息をついて 言いました。
「え? 何を?」
イームがあわててききました。
「きみ忘れたの? ぼくらミーメのことを忘れようって……」
「あ そうか……ぼく 思い出したよ」
「だめだよ イーム 思い出したら」
「ああ 忘れるんだっけ せっかく思い出したのに」
「うん……数えなおしだよ……一 二 三」
「四 五 六 七 八 九 十……ザザ 今度こそ ぼくほんと

うに忘れた」

「そうだ　ぼくもさ」

「でもね　なんだか あの……なんとかいう子のオレンジ色のマフラーだけが　頭にチラチラする……」

「イーム そういうときは別のことを 考えればいい」

「そうか……たとえば白い雲の事なんか……あ　ぼくあのなんとかいう子の白い帽子のことも思い出しちゃったぞ……ザザ もうすっかり忘れた？」

「うん　すっかり忘れたさ 白い帽子なんか」

「いいなあ　ぼく もう一度数えなおそう　一　二　三　四　五……」

そうやって　とうとう イームはしらかば林のはしにつくまで 52回の十を数えました。

太陽はすっかり高く昇って 雪を大理石のように照らしました。林の中の雪は　しらかばの青い影でいっぱいでした。イームとザザは空をながめながら 新しい雪にぽこぽこ穴をあけて　しらかばの間を歩いて行きました。

「ぼくたち できるだけぼんやりと歩かなくちゃ ならないんだ」

ザザが言いました。

「そうしなきゃ "ぱったり" できないからね」

　「うん "ぱったり" するには "ぼんやり" しなきゃね。
　"ぼんやり" してると いつかは "ぱったり"。
　でもいったいどうすりゃ

"ぼんやり"できるの？」

「ぼんやり　鼻歌をうたうんだ」
「どんな鼻うた？」
「いまきみ　鼻歌 唄わなかった かしらん」
「おぼえないな……」
「そうかしらん……

　　"ぱったり"するには
　　　　　　"ぼんやり"するんだ
　　"ぼんやり"してると
　　　　　　いつかは"ぱったり"
　　でも どうすりゃ
　　　　　　"ぼんやり"できる？
　　"ぼんやり"うたうと
　　　　　　"ぼんやり"できる」

「なんだか……ぼんやりした うただね」
「うん　これ鼻歌だからね」
そうやって二人は その鼻歌をうたいながら しらかば林を歩い
て行くと　やがてむこうからも 鼻うたをうたう声がやってき
ました。
イームとザザは あわてて空をみました。
「あ　ぼくら 何だか 唄がきこえるねえ」

とザザが 空を向いたまま 言いました。
「あ　いったい それは だれだろ」
とイームも 空を向いたまま 言いました。
「あ　なんだか　ミーメみたいだ」
ザザが 前をみて 言いました。
「あ　ほんとだ……いや　ミーメじゃない みたいだ……」
「あ　ほんとだ……あれ ホフぎつねだ……」
遠くの方でホフぎつねは大事そうに何かを持って 鼻歌を
うたいながら林のむこうを東の方へ 横切って行きました。
「……なあんだ　ホフぎつね行っちゃった……」
イームはつぶやきました。
「ミーメ どこに行ったんだろ……ザザ見える？」
「いや　ちっとも」
「やっぱり……ぼくも "見えない" と思ったんだ」
「おっかしいねえ」
とザザはぼんやり 自分の青い影を見つめながら 歩いて行きま
した。
「……ね　イーム ぼく今　自分の影　見えてると思う？」
「うん　思うよ」
「やっぱりね……すると　ぼくのうしろに 太陽 あると思う？」
「うん　思う」
「……すると　ぼくのうしろは　きっと "南" なんだね？」
「うん　きっとそうだ」
「そんなら　ぼくら "北" に向かって 歩いてるみたいにならな

15

い?」
とザザは空を見上げてため息をつきました。
「うん そうなるみたい」
イームは ザザが何を言いたいのかわからないので うわの空で言いました。
「……すると ぼくら いつまでもたっても ミーメとぱったり……どころか ぽっちりとも 会えやしない」
「おや どうして?」
イームは驚いてききました。
「だってさ……」
ザザは少しばかりいらいらしたように 言いました。
「わかんない? ぼくら ミーメとおんなじ方向に歩いてんだ」
「あ……やだなあ ミーメまちがったんだ」
「ちがうよ ぼくらが まちがったんだ」
「あ……そうなの」
そこで二人は だまって空を見上げました。
でも ほんとうに空は広々とみえたので 二人の情けない気持もその中へすうっと 消えて行くようでした。

すると　とってもお腹がすいたように思え　また　事実そうらしいので　二人はもうそのまま　林を西に横切って　めいめいの家に帰りました。
"朝食"と"昼食"を同時に食べると　イームは思いました。
(ああ"ぱったり"はくたびれる)
そうしてイームはまた　ベッドにもぐって昼寝しました。

2

よいことがあるような気のしたミーメ嬢に
ほんとうによいことのあった話

その日　ミーメ嬢は　大分ねぼうをして目をさましました。そうして　窓のカーテンを開けると　もう太陽はずい分と高く昇っているのでした。そこで　ミーメ嬢は思いました。
（今日は　きっと　いいことがある……）
どうしてそう思ったかというと　そういう気がしたからでした。
どうしてそういう気がしたかというと……
でもミーメは　そんなことはもう深く
考えませんでした。ですから　すっ
かり気持ちよくなって　前髪に
1500回　右と左の耳に1500回
ずつくしを入れました。それ
でもまだ気になるので　さらに
500回ずつ　くしを入れて　それ
からゆっくり朝ごはんを食べると

もう お昼でした。それからさっそくミーメは帽子をかぶり マフラーをまいて 外へ出ました。というのも だまっているだけでは よいことが 起こりそうにないと思いましたから。
でも 外はいくら天気がよいといっても ぶるるといいたくなるような つめたい 空気です。
ミーメは かたい雪の道を ぱしぱし歩きながら 思いました。
(……イームのとこへ 行こうかな……それとも ザザのとこへ 行こうかしら……)
そして また思いました。
(ザザのとこへ 行こうかしら……それとも イームのとこが いいかしらん……)
そして また思いました。
(イームのとこの方が いいかな……それとも ザザのとこに しようかしらん……)

そうして 考えながら歩いているうちに ミーメはいつのまにか
イームのところへ来ていました。ミーメはそれで別に困りもし
ませんでした。
だってちょうどそのとき ミーメは（それともイームのとこに
しようかな……）と思ったときでしたから。
ミーメはイームの家の窓を こつこつとたたきました。
（ほんとうは 戸をたたきたかったのですが 戸はまだ 雪に埋も
れたままでした）
「イーム　おはよう」
すると　イーム・ノームが窓を開けました。そうして
「……おや　ミーメ　こんにちは。でも……今きみ"おはよう"
って言わなかった？」
とききました。
「ええ　だって 私 さっき朝ごはん食べた ばかりですもん」
「あ　そう……ぼくはてっきり……」
"朝ねぼう したのかと思った"と言おうとして イームは失礼
かしらん と思ってやめました。
「てっきり なあに？」
「あ　いや　ぼく てっきりもうお昼だと思ったんだ」
「あら　てっきりお昼よ」
「あ　やっぱりね……でも　まあ お入りよ（そこで ミーメは
窓をくぐって家に入りました）ぼく これから昼ごはん食べる
んだけど きみも 食べる？」
「ええ……いえ　どうしようかしら」

21

ミーメはやっぱりお昼なので お腹の空いたような気がしました。でも食べすぎると ふとるかしらんとも思いましたし あんまりすぐ"ええ いただきます"と言うのも あつかましいかしらん とも思い でも 少しくらいならいいかしらん とも思っているうち ミーメの前にオートミールの皿が あらわれたので あれこれ考える必要はなくなりました。つまり やっぱりいただくことに しました。
「私 今朝思ったの……」
ミーメは 一口食べて言いました。
「あ そう？ 僕も今朝 思ったよ」
「あら 何でしょう？」
「ええと……忘れちゃった。でも 毎朝何か 思うみたい」
「私も 毎朝何か 思うわ」

「ふうん　そう……僕　てっきり　毎朝思うのは僕だけかと思った……それで　ミーメは今朝　何思ったの？」
「"今日はなんだか　いいことがあるみたい"って」
「あ　そういえば　僕も今朝　そう思ったような気がする」
「じゃ　やっぱり今日はきっと　いいことがあるんだわ。だって二人して　そう思ったんですものね」
「ふうん　そうか……なるほど　で　何のよいことがあるんだろ」
「きっと　"よいこと"は　どこかで待っていると思うの」
「ふうん　どこだろ　そこ」
「私　もしかしてここだと思って……」
そこでイームは　部屋中をぐるぐる見回しました。
「……　"よいこと"はどうも　ここにはいないみたい……」
「じゃあ　きっとここでないところね」
「どこかな　そこ」
「……きっと　ここでない　どこかのところね」
「ふうん……」
そこで　イームはふんふんと　鼻うたをうたいました。

　　「わかんないけど　どこかにある
　　どこかにあるけど　わかんない
　　わかる人だけ　知っている
　　どこかが　どこにあるのかを

ふうん……ここでない　どこかにあるんなら
ここでない　どこかへ　行かなくちゃ」
そこで　昼食が終わると　イーム・ノームは帽子とマフラーを
して　ミーメといっしょに窓から外へ出ました。
(……でも　なんにも手がかりがないのは　なんて心ぼそいこと
だろ……)
イームは　空を見上げて思いました。
(でも　ひとりっきりでないのは　なんて心づよいことだろう
……)
すると　青く澄んだ高い空に　一条の煙がのぼりました。
それをたどると　煙はくぬぎ森から出ているようです。
「あ　ぼく　あんな長い煙　見たのはじめて」
「あら……なんだか　火事みたいじゃないこと？」
「ふうん　そうかな……あ　ほんとう……みたい……ああ……
あれは　火事の煙だ……」
そこで二人は　あわててくぬぎ森へ　ぽこぽこ駆けて行きました。

やがて　息を切らせて　くぬぎ森へやって来ると　どうも　クふ
くろうの家の方から　煙がたくさん上がっています。
クふくろうの家が火事らしいぞ　と走って行くと　クふくろう
の家の下で　(クふくろうの家はくぬぎの木の上にありました)
たくさん火がもえています。
二人は大急ぎで雪をかけ　じゅうじゅうと火をけしました。あ
たりには　もうもうとたくさんの水蒸気が立ちました。

24

ああ　間に合った　とイームとミーメが安心して顔を合わせると
上の方で
「あやっ…！」
という　叫び声がします。
何だろう　と見上げましたが　蒸気で何も見えません。すると
また
「おわっ…！」
という声がします。
何だろう　あれ　クふくろうの声のようだ……と思っていると
ようやく水蒸気が消えて　クふくろうが家の戸の前に　立ってい
るのが見えました。
「あやっ……お前だちか　わしの　たき火　消したのは！」
どうも　クふくろうは眉をつりあげて　ひどく怒っている様子
です。
「……あら　これたき火でしたの？」
ミーメは　ぽかんとして言いました。
「おわっ……お前だち　どうしてわしの　たき火　消した！」
「たき火と知らなかったんです　クふくろう……」
とイームは　申しわけなさそうに　言いました。
「あやっ……お前だち　どうしてわしのたき火　消した！」
クふくろうは　また言いました。
でも　二人とも（あと何を言ったらいいのだろ）と“言うべき
何か”をさがしながら　ぽかんとクふくろうを見上げるばかり
でした。

25

「お前だち わしはあんまり寒いんで たき火 していたのだ」
「あら……ごめんなさい クふくろう……でも火事かと思って……」
ミーメがほんとうに困ってそう言うと クふくろうはいく分おちつきをとりもどして
「クふっ……」
と鳴きました。
「……なに…あ…おわ…しかたが……あるまいて……若いもんのやることじゃ……」
と とうとうクふくろうは 情けない声になって言いました。そうして二三度寒そうに ぷるるっとふるえました。
そこで イームは思いついて言いました。
「そうだ クふくろう ぼくいいものもっていますよ」
クふくろうは首をかしげて イーム・ノームを見下ろしました。

「"いいもの"……"いいもの"とは いいものかね？」
「ええ いいものです そこ上がっても いいですか？」
「来たまえ」
クふくろうは おごそかに言いました。
そこで イーム・ノームはクふくろうの家のはしごを のぼって行

きました。
そうして　クふくろうの前に行くと　自分のマフラーをとってクふくろうの首に（どこが首かよくわからないので　そのあたりに）ぐるぐると巻いてやりました。
「どうですか　あったかでしょ？」
「ふむ……なるほど……なあるほど……」
クふくろうは　目をぱしぱしさせ　急に　元気になって来ました。
「なあるほど……こんなあったかいものが　この世にあったとは……クふっ……クふっ……」
とクふくろうは　同じ場所でぐるぐると何度もまわって見ました。

「なあああるほど　風に当たっても寒くない……なるほどのう
なるほどのう……ああ……イームくん……」
とクふくろうは　また目をぱしぱしさせながら　言いづらそうに
口ごもりました。
「何ですか？」
イームも　目をぱしぱしさせながらきくと　クふくろうは　思い
切って言いました。
「これね…わしに…くれんかね……」
「あ…もちろんです」
でも　そのときイームは　正直
言うと　ほんのちょっぴりで
すが（あ　ちょっと　もった
いない）と思いました。だ
って　イームには　これっき
りしか　マフラーがありま
せんでしたから。
すると　下からミーメもの
ぼって来て
「クふくろうさん　これも　差し
上げますわ」
と言って　自分の帽子を　クふくろうにかぶせました。
「あやっ…かたじけない……やっ　これは　あったかだ」
そうして　またクふくろうはぐるぐるまわって　言いました。
「これなら　風を切って飛んでも　寒くならんぞ……もっとも

わしは あまり飛ぶのは好まんが……しかし あったかだ 全く！」
「まあ よかったです」
ミーメは笑って言いました。
「しかし お前さんがたに もらうばかりでは 気の毒であるの……」
とクふくろうは ぼんやり雲を見上げました。
「……しかしわしは お前さんがたにやるようなものは 何も持っておらん」
たしかに クふくろうは 何にも持っていないふくろうでした。
「いいんです……そうだ 今日はあなたの誕生日ということにしよう」
イームが言うと クふくろうは
「あやっ……？ 今日は
わしの誕生日だった
かいの……」
と 首をかしげ
ました。

「いえ……"誕生日"ということに するんです」
「しかし そんなことをして よいものであろう かな……誕生日が ふたつになりはせんかね」
「誕生日は ふたつあっても いいんじゃありません？」
ミーメが言うので
「それも そうかの……」
と クふくろうは（しかし……わしのほんとうの誕生日は いったいいつだったかいな）と思い出そうとしましたが どうもすっかり 忘れているようでした。
「……さよう では 今日をわしの誕生日ということに しようかいな……」
「そうなさい」
と二人が言うので クふくろうはさっそく そうすることにしました。
「今日は よいことがある日じゃな まったく……おふたりありがとう」
すると ミーメもイームも
（ああ そうか ここにこそ"いいこと"があったんだ）
と気がつきました。
それで 安心して
「じゃ さようなら」
と クふくろうのところから 帰りました。
やがて 自分の家のところまで来ると イームはとうとう ぐふぁふん とこらえていたくしゃみをしました。すると ミー

メが言いました。
「イーム　マフラー　あれっきりっきゃないんでしょう？」
「うん……」
「でも　私が今度　つくってあげるね」
そう言ってくれたので　イーム・ノームは
（あ　ぼくんとこにも　ほんとうに"いいこと"が　あったぞ）
と思いました。

ミーメには　とうとう"いいこと"がなかったんでしょうか。
でも　ミーメは（こんないい日ってないな）と思って　その日は気持ちよく　眠ったのです。

3

ホフぎつねが "さっき" と "いずれ" を時計で計った話

ホフぎつねは 川べりの土手に腰かけて 時計をみつめていました。
大理石のような つみ雲が 空をたくさん 流れて行きました。
でも ホフぎつねは じっと時計をみつめていました。

雪がとけはじめて 川の水は いつもより 速く 速く 前の水を
"追い越そう 負けないぞ" とでもいうように 流れて行きました。
でも ホフぎつねは じっと時計をみつめていました。
そうして
「ほっ……」
と ため息をつきました。
やがて
「ふっ……」

と ため息をつきました。
それから 三つ目のため息をつこうとしたら かすかな唄声が
川のむこうからきこえて来ました。

　　　流れる　流れる
　　　　　　川は流れる
　　　どこから　流れる？
　　　　　　知らない　ところ
　　　どこへ　流れる？
　　　　　　知らない　とこへ

それは イームとザザが唄っているのでした。

「おや　こんにちは！　ホフぎつね」
ザザは最初にホフぎつねに気付いて 川の向こうから声をかけ
ました。
「……こんにちは みなさん」
「ホフぎつね そこで何してんです？」
イームがききました。
「……時計を見てるんですよ……あんたがたも ここへ来て見て
ごらん……」
「あ……それ おもしろいですか？」
「おもしろい？……」

そこで　二人は丸木橋を渡って　ホフぎつねのところへやって
来ました。

ザザとイームは　きつねの時計をのぞき込みました。

「……ホフぎつね　それ何です？」

イームがききました。

「時計というもの……ごぞんじない？」

「ぼく　ごぞんじない　みたい」

イームは　注意深く　考えて答えました。

「ザザ　ごぞんじある？」

「ぼくも　ないみたいね」

ザザはあっさり答えました。

イームは（ザザも知らないんなら　ぼくも知らなくてよかった）
と安心して　またホフぎつねにききました。

「で　それ　何するものなの？」

「……わたし　これでさっきから“さっき”を測っていたんで
す」

ホフぎつねが言いました。

「……何をさっきから測っていたですって？」

イームは　聞きとれなかったような気がして　きき返しました。

「“さっき”」

「“さっき”って　さっきの“さっき”？」

イームは　確かめるようにききました。

「そう　さっきの“さっき”」

ホフぎつねは　また時計をのぞきこみました。

「……ほうら　今のも“さっき”になりましたよ。『“さっき”って　さっきの“さっき”？』って　イーム・ノームがきいたのはもうさっきの事なんだ」

「あ　ふうん……なんか　それ　むずかしい話みたいね」

イームは　ぼんやり向こう岸を眺めて

（……あのくりの木からこっちのポプラまで　いちばん速く走れるのは誰かしらん……ぼくかな……それともザザかな……）

と考えました。

なにしろ　イームはむずかしい話は　むずかしくて　よくわからないのです。

それで　また

（今日はくもっているけど　それは晴れていないからなんだ……）

などと考えていると　ザザが言いました。

「……で　ホフぎつね　それ　測ってどうするの？」

するとホフぎつねは

「ほっ……」

と言って　ため息をつきました。

「そこまでは　考えておらなんだ……しかし　いずれは何かの……」

「そうだ　ホフぎつね　それ“さっき”が測れるんなら“いずれ”も測れるのかしらん」

ザザは考え深げにききました。

そこでイームは　すっかりザザに　感心しました。

(ザザは このむつかしいことが わかるどころか 質問さえしてる)
「ほっ……もちろんです。例えばほら この黒い針をごらんなさい お二人」
そこで 二人はその黒い針をみつめました。
その時計には その長い針一本しかついていませんでした。
「これが もうひとめもりここへ来ると それが"いずれ"です」
「はあ……」(これならかんたんだ)
とイームは思いました。
そこで三人は じっと その一本の黒い長い針がひとめもり進むのを待ちました。

やがて 黒い針がちょうど1分をすぎると イームは
「あ……"いずれ"になりましたね」と
自信をもって言いました。

「いえ　なんのなんの　そいつはもう"さっき"になりました……」
ホフぎつねは　やっぱり時計をみつめながら　おごそかに答えました。
「ふうん　ほんとだ……」
ザザも　時計をみつめて言いました。
「ふうん　そうなの？」
イームは思いました。
（何だろ……ぼくには　むずかしくてわからないぞ……さっきは
あんなに簡単だと思えたのに……さっきは……）
それで　イームは小さく鼻うたを　うたいました。

　　　"さっき"は　さっき
　　　　　　あったのに
　　　"さっき"は　どこに
　　　　　　いったのか
　　知ってる人だけ
　　　　　知っている
　　　"さっき"が　どこに
　　　　　　あるのかを……

「おや　それは　何のうたです？」
ホフぎつねは　やっと時計から目を上げて　ききました。
「あ　えーと……"さっき"のうたです」

「ほっ　そいつは　よろし。イーム・ノーム　それ　わたしに下
さい。わたしもうたいたい」
とホフぎつねは　ひざをポンとたたいて　言いました。
「え……ええ　いくらでも　どうぞ」
イームは　ほめられたので　赤くなって答えました。
そこで　きつねは　"さっき"のうたを　一度うたってみました。
それから　もう一度　感心して言いました。
「イーム・ノーム　もひとつ　"いずれ"のうたも　ありません
か？」
「あ……"いずれ"のうた……」
そこで　イームは　"いずれのうた"を　考えました。
でも　考えると　ちっともでてきません。
（さっきはふっと　できたんだ　さっきは……）
「あ　ぼくできた　"いずれ"のうた」
今度は　ザザが言って　恥ずかしそうに小さくうたいました。

　　　"いずれ"は　いずれ　やって来る
　　　"いずれ"は　今へ　やって来る
　　　いずれは　どこから　やって来る？
　　　いずれは……

そこでふと　ザザは言葉がつまりました。
「ええっと……"いずれ"は　どこからやって来るんだろ……」
すると　イームはふっと思いついて　言いました。

39

「"いずれ"は"春"から やって来るんじゃないかな。じき 春
だから」
「そうだ
　　　いずれは　春から　やって来る」
そううたって ザザは "いずれ"のうたをしめくくりました。
「なるほど　そいつはよろし　ザザ・ラパン　それもわたしに
下さい　わたしもそれをうたいたい」
とまた ホフぎつねはひざをうって言いました。
「ええ　もちろんですとも」
ザザは笑って答えました。
そこで　ホフぎつねは "いずれ"のうたをひとくさりうたうと
今度は　"さっき"のうたとつなげてうたいました。
「なるほど　なるほど……」
きつねは感心して また時計をみつめました。
「ホフぎつね……」
イームは これは大事なことだと思ってききました。
「……もしかして　それ いつ春が来るかもわかる？」
「ほっ……ふっ……」
ホフぎつねは川面をみつめて また ため息をつきました。
「……それには　この時計　針がもう一本足りないらしいので
す……時計というものは ほんとは針が二本あるらしいのです
がね……わたしがこれをひろったときにゃ もうこの通り 一本
だけしかありませんでしたよ……」
ホフぎつねは 悲しそうに言いました。

「……じゃあきっと　もう一本の針があったら　測れたんですね」
「そうです……」
ときつねは　ほんとうに残念そうに　また時計をみつめました。
「……でも　わたしはこれが　気に入っているんです……たとえ針が一本なくとも　"さっき"もわかるし　"いずれ"もわかる……」
「そうですね」
そう言って　イームとザザは　またホフぎつねが　すっかり時計に気をとられているようなので　その場をそっと離れました。
川にそってしばらく行くと　うしろの方でホフぎつねは　また"さっき"のうたや"いずれ"のうたを　うたっているみたいでした。
イームもザザも（もうじき春がやって来るんだ）と思いながらよーい・どん　と森の方へ駆けて行きました。

イーム・ノームがちゃんと約束をはたす話

ミーメ嬢がイーム・ノームのマフラーを編み上げた時(そうミーメはイームに 約束していましたね?) 辺りは もうすっかり暖かでした。つまり もう 春がやって来たらしいのでした。でも ミーメには そんなことは今はどうでもよかったのです。だって 今はやっとこさ マフラーが編み上がったところなんですから。

次に ミーメはやっと
(あ 春が来たらしいわ)
と しだれやなぎの
青ぐんだ枝を眺めた
でしょうか。
いいえ 次にミーメ
は 帽子もかぶらず
マフラーもせず

（何故なら外はあったかでしたから）外に出ました。
そして今度こそ　ミーメは
（ほんとうに　丘の上も　あんなに雪がとけて　あちらこちらに　雲のうつった水たまりができた……）
と　思ったでしょうか。
いいえ　ミーメは　先ずとにもかくにも　イーム・ノームのところへ　行ったのでした。
そうして　イーム・ノームの家の窓をたたきました。ほんとうは　戸をたたきたかったのですが　まだ戸は半分雪にうずもれたままで　この家の主イームは　どうも窓から出入りするのがすっかり気に入ってしまったようでしたから。
「こんにちは　イーム・ノーム」
ところが　中からは何の返事もありません。
「こんにちは　イーム・ノーム」

やはり 返事はありません。
返事がないのは"眠っている"のか"いない"のか どっちかです。
そこで ミーメは その"どっちか"を決めるために窓をのぞいてみると"いない"という方であることがわかりました。
「いやんなっちゃう」
ミーメは ひき返そうか 待っていようか と迷っていると
「おや……ミーメ どうしたの？」
と うしろで声がしました。
ミーメがふり返ると そこにイームが立っていました。
「あら……イーム るすかと思った」
「ふうん そんなことないよ。ぼく 今まで一度も ぼくの家がるすになったの 見たことないもの」
「そお？（ミーメは首をかしげました）……私 今日 マフラーを持って来たの」

「おや そう」
「ほら 私 約束していたけれど なかなかできなくて それが やっと今日できたの」
「あ それは おめでとうミーメ……で だれと約束してたの？」
「まあ 忘れた？ イーム・ノームよ」
「イーム・ノームって もしかして ぼくのこと？」

「他に いなければ」
「じゃ やっぱりぼくだ……すると ぼく……あ うれしいなあ……そうか マフラーをくれるんだったね」
「そうよ ほら」
と言って ミーメは 編み上げたばかりのマフラーを イームに渡しました。
そうして ミーメはすぐ
「じゃ またね」
と 言いました。
「……おやミーメ もう帰るの？」

「うん……もしも もしも そのマフラー 気に入らなかったら 私そのとき そこにいたくないもの……」
「ふうん でもぼく とっても気に入るはずだよ……約束してもいい」
「……じゃ またね」
そう言って ミーメ嬢は鼻歌をうたいながら そそくさと帰って行きました。ミーメは ほんとはちょっと恥ずかしかったのでした。

(おっかしな ミーメだ……あ ぼく "ありがとう"って言うの忘れちまったぞ。ぼく すぐ忘れるんだ……でも忘れるっていいときもある。たとえば こういうおくりものの約束なら忘れてると 二度うれしくなれるもの……)
そう思って イームは ただフンフンフンだけの鼻歌をうたって マフラーを首に巻きました。
(おやあ あったかい……いや もこもこと……むし…あ…つ

…い………)
なにしろ 空にはもう 春になりはじめた太陽が 照っているのです。
(でも……こまった なあ……)
イームはほんとうに こまりました。
(……ぼく このマフラー とても気に入らなくちゃならない……だって そう ミーメに"約束"したんだ……これは忘れる訳にいかないだろ)
そこで イームはむしあついのをがまんして そのまま散歩に行きました。

(ああ ぼく このマフラー気に入らなくちゃ……だって そう"約束"したんだ……)
イームは 散歩をつづけました。

(ああ ぼく このマフラー 気に入らなくちゃ……だってそう"約束"したもの……)
イームは もっと散歩をつづけました。
(ああ……どうして 今日の散歩は おもしろくないんだろ…

…あつぐるしい……)
イームは さらに散歩をつづけました。
(どうして今日は 風が吹いて来ないんだい？……風は今日 お休みなのかしらん……そうだ しかたない ぼくが風の方へ行かなくちゃ)
そこでイームは 思いっきり駆けてみました。

すると 風がむこうから やって来ました。
(やあ すずしいぞ……)
イームは もっと駆けました。
(お すずしっ……でも……なんだかっ…もっと…あっつくも…なって…きたっ……)
イームは ふうふう言って 立ち止まりました。
(ぼく もう"約束"忘れたことにしよう……ぼく とっても"約束"守れない……)

「おや イームくん どうしたね? 汗まみれではないかね」
ふと 顔を上げると 目の前のくるみの木に クふくろうが止まっていました。
「あ クふくろう……ぼく こまりました……」
「何かね」
「ぼく "約束" 守りたいんだけど 守れないんです」
「さようか」
クふくろうは
目をぱしぱし
させて
(もしかして
わしはイーム
と 何か約束
したのかな……)
と 思いました。
「クふくろう
どうしたら
守れない約束
守れる?」
「クふっ……」
と クふくろう
は 鳴きました。

そうして　充分考えてから　答えを言いました。
「守れる人に　守ってもらいなされ」
「……その人　あなたでも　いいの？」
「もちろん」
「じゃ　クふくろう　すまないけど　このぼくのマフラー　気に入れる？」
「もちろん。きみのくれたマフラーも　わしは大変　気に入っておるぞ」
「ああ……でも　クふくろう　今マフラー　していないね」
「あたりまえじゃ。世はもう春じゃ。あれは　来年の冬まで　大切にとっておく」
「ふうん……それでも　ちゃんと　気に入ってる訳ね……」
「もちろん」
「ふうん　じゃ　ぼくもそうして　いいのかしらん」
「もちろん」
「あ　じゃ　ぼくもそうしよう」
そこでイームは　くるくるとマフラーをほどきました。
「ああ　すずしっ……ふうっ　ふうっ」
イームは何度もため息をついて
「クふくろう　ありがと」
と　言いました。

「なんの……」
と クふくろうは 翼をばさばささせて言いました。
「……ところでイームくん」
「何?」
「きみ 何かわしと 約束していなかったかね?」
「……あ ぼく してたかしらん……ぼく すぐ忘れるから もしかして 忘れてるかも知れない」
「そうか わしも もしや忘れているかも知れんと思ってな 念のため きいてみたんじゃ」
「ぼく……クふくろうと 何か約束してました?」
「ク…ふっ……そいつを わしが きいておるのじゃ」
「……ああ ぼく すぐ忘れるんだ……」
「では 思い出したら 知らせてくれたまえ」
「ええ でも クふくろうは ぜんぜん覚えてないんですか?」
「ク…ふっ……それが どうも ぜんぜん 忘れてしまった ようでな……では たのむよ」

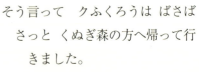

そう言って クふくろうは ばさばさっと くぬぎ森の方へ帰って行きました。
(ふうん……何だろう……何だっけ……何 約束してたっけ……クふくろうと…)
どうしても イームは思い出せませんでした。

ほんとは どっちも約束なんかしていないのですから 思い出せる訳がありません。
それでも イームは何とか思い出そうとしているうちに
(……そうだ ミーメに"ありがとう"って 言いに行かなくちゃ……そして"とっても気に入ったよ"とも……)
そう思いついて またフンフンフンだけの鼻唄をうたいながら イームは春の近づいたしからば林を ぼんやりと歩いて行きました。

けれどその日 眠るときになって イームはまたクふくろうの約束の話を思い出したので 翌朝 寝ぼうするほど なかなか眠りつけませんでした。

5

オル山猫がさがしものを見つけられる話

いつのまにか　さやさや 雨が降っていました。
それは　今年春 はじめての 雨でした。
まだ　ところどころ雪が残っていますが
きっとこの雨で みなとかされて しまうでしょう。
こんな日には　誰も 散歩なんかしません。

だいたい みんな家の中にいます。
"だいたい"というのは イーム・ノームをのぞいてです。
イーム・ノームは 何やら考えごとをしながら 泥道を 傘もさ さずに歩いているのでした。
「おや イーム どこ行くんだい？」
ザザ・ラパンが 家の窓を開けて言いました。ところが イームはまるで気付かずに そのまま行ってしまいました。
（イーム・ノーム どうしたんだろ……）
そんなことを思っていると イームはまた向こうから 戻って来ました。
「あ……ザザ きみしらない？」
「しらないって 何を？ いったいぼくが 何を知らないっていうのさ」

「そこんところ ぼくがしりたいんだけど……きみ ほんとうに 知らないみたいねえ」
「しらないみたい……」
「そうかあ……」
イームは 首をかしげました。
「ええっと……ぼくいったい さっき 何を思いついたっけ ……だれかに"イーム どこ行くんだい？"って 言われたような気がしたら ふっと 忘れちゃった」

「あ…そう　そんなことより　イーム　ここに入りたまえ。びしょぬれじゃあないか」
「あ……ほんとだ　どうしたんだろ」
「雨　降ってんだよ」
「あ　ほんとだ　ぼく　考え事してたから　ちっともわかんなかった」
イーム・ノームはしずくをぽとぽと落としながら　ザザの家の中に入りました。
「考えごとって　イーム　どんな考えごと？」
「ぼくね　思いついたんだ」
「あ　そう……何？」
「それね……」
「うん」
「忘れたんだよ」
「あ…そう……」
そこで　ザザは大きなタオルを貸してやって　ストーブに火を入れました。
「もしかして　ザザ　きみ　何か思いつかなかった？」
イームはごしごしと顔や耳をこすりながらききました。
「いや　別に……」
「ちっとも？」
「まるで　ぜんぜん」

「そう…残念だなあ……」

「どうしてさ」

「だって　もしかしてきみ　ぼくと同じこと思いついてたとしたら　ぼく　思い出さずにすむもの……」

そう言って　イームはストーブのそばにこしかけました。

ザザは空気窓をもっと開けて　ストーブの火をもう少し大きくしました。

そうして　その上にやかんをのせました。

そこで　イームは　紅茶がいいかな　ココアがいいかな　ミルクティーがいいかな　それともミルクココアがいいかな　と思いました。

でも　やかんの中はまだ水だし　ザザも"何飲む？"とも言わないので　イームはもう　その考えをそれ以上深めるのは　よしました。

「……今日　雨が降るなんて　どうした事だろうねえ」

イームは　ぼんやり言いました。

「それはもう　雪が降らないからさ。だから　空はこれっきゃ降らせるもんがないのさ」

そう言いながら　ザザは戸棚をごそごそ　何かさがしはじめました。

イームは　そこでまた

（クッキーだといいんだけど……もちろんビスケットでもい

い……それとも クリーム入りパンでもいい……でもなけりゃ クリームなしパンでもいい……）
などと思っていると ザザは戸棚からさっそく菓子鉢をとり出し ふたを開けましたが 中はからっぽでした。
「……あ ぼくきのう 食べちゃったみたいだぞ……」
ザザはまた 戸棚の奥を 調べ始めました。
イームはがっかりして ぼんやり窓の外を眺めました。
するとそこに 傘もささずにのそのそ歩いて行く オル山猫の姿が見えたのでした。
「あ オル山猫が 歩いてる……」
イームは窓を開けました。
「オル山猫 どこ 行くんだい？」
ところが オル山猫はちょっと耳を立てただけで そのまま黙って行ってしまいました。

（オル山猫 どうしたんだろ……）
そんなことを思っていると オル山猫は またむこうから戻ってきました。
「……イーム・ノーム きみ 知らんかね？」
「しらないって 何をです？」
イームがそう言うと オル山猫は 首をかしげました。
「しらないって きみ 知っているのじゃないかね」
「しらないってのは 知ってるけど いったいぼくが何を知らないって 訳なんです？」

「そこを私が知りたいんだが 君 ほんとうに知らないかね」
「どうも 知らないみたい……」
「そうかい……じゃ ザザ・ラパンのところへ行ってきいて来よう……」
と言って オル山猫はまた 歩きかけました。
「オル山猫 ザザ・ラパンの家は ここですよ」
「お？……(オル山猫は あとじさって 家の形をよくよく見ました) なるほど 君たち 家をとりかえっこしたのかね」
「いえ……ぼくが ここに来たんです」
「……なるほど 君たちが とりかわった だけかね」
「いえ……ただ ぼくがここに来ただけです」

するとそのとき ザザがうしろから
やって来て 言いました。
「おや……オル山猫 びしょぬれ
じゃありませんか 入ったら
どうです」
「お……ザザ君も 来てたのかね」
とオル山猫は言って そわそわ
と入って来ました。

そうして そばにあったタオルをとって ごしごしと頭と耳をこすりました。
「……なんだか しめったタオルだ」
とオル山猫はつぶやきました。
そのタオルは ついさっきイーム・ノームがつかったばかりでしたから。
「オル山猫 こんな雨ん中 何しに行くんです？」
ザザがきくと
「なに たいした雨でもなし……」
と オル山猫は菓子鉢に手をのばしましたが 中に何も入っていないので ちょっとがっかりした顔になりました。
「……ところで ザザ・ラパン 君なら知っているだろう？」
「え？ 何です？」

「ほら……」
と言いながら　オル山猫は空中に小さな丸をかきました。
「……わたしが今朝　首からぶら下げたやつさ」
「？……何だろうね　それ」
ザザとイームは　顔を見合わせました。
「知らんかねえ……君たち　もしや見たとしたら　知っているん
だが……」
「……で　いったい何を今朝　首からぶら下げたんです？」
ザザがききました。
「ごぞんじかな？　“時計”というもの」
「あむ……」
イームは　思わずため息をつきました。
これは　ついさいきんごぞんじになったのです。
「……もしや　オル山猫　それ“時計というもの”じゃない？」
イームは　威厳を持って言いました。
「お……知ってたの……」
オル山猫は　何となく　がっかりした様子でした。だってこれ
から　長々と“説明”する　つもりだったからです。
「……で　まあ……そのわたしの時計　知らんかね」
「ああ　ぼく　ホフぎつねの時計なら　知ってる」
「お　ホフぎつね……時計　持っているのかね」
「ええ　ひろったって　言ってましたよ」
そうザザが（もうお湯がわいたみたいだぞ）と思いながら　う
わの空で　答えました。

「お！　するとそいつが　わたしんだ！！」
と突然　オル山猫が　大声で叫んだので　イームもザザも　耳と毛が逆立つほどびっくりしました。
「……ああ　びっくりした」
「……ほんと　びっくりしちゃった……ああ　でもオル山猫ホフぎつねがそれをひろったのは　冬の話ですよ」
「お…なんだ…そうかね……ずっと前なのか……」
オル山猫は急にしょんぼりしました。
そこで　ザザは言いました。
「オル山猫　ココアでも　どうです？　それとも　紅茶にしますか？」
「ミルクも　あるかね？」
オル山猫は　また急に元気づいて言いました。
（もちろん　イームも急に　元気が出て来たような気がしました）
「ありますとも　今持って来ますよ」
そう言って　ザザは戸棚からココアのかんと　ミルクのびんを持って来て
「あれっ！！」
と　大声で叫んだので　オル山猫とイームは　耳と毛が逆立つほどびっくりしました。
「ああ……びっくりした」
「まさに……おどろいたり……ザザ・ラパン　いったいどうしたんだね」

「ぼく……オル山猫の時計 みつけましたよ」
「お ほんとうですか いったいどこです?」
「オル山猫 あなたのうしろにあるんです」
「わたしのうしろ……」
そう言って オル山猫はうしろをふり向きました。
でも どこにも時計はありません。
すると
「あれっ!!」
今度は イーム・ノームが大声を出したので オル山猫は 耳
としっぽが飛び立つほどびっくりしました。
「……あう おどろいた……いったい何です イーム・ノーム」
「ぼくも あなたの時計 みつけましたよ」
とイームは うれしそうに言いました。

「…と…いうと…どこ？」
オル山猫はあちこち見回しました。
「あなたの うしろにあるんです」
そこで オル山猫は またふり返りました。
「どこです？……ないじゃありませんか お二人で からかってんですな」
「ちがいますよ」
ザザがじれったそうに言いました。
「あなたの 背中にあるんだ」
「お……？」
オル山猫が手さぐりで背中をさがすと かちり とかたいものにぶつかりました。
そうして それを前に持って来ると ちゃんと鎖のついた時計が ありました。

「…なるほど こういう訳か……」
「……そういう訳です」
とイームは 得意そうに言いました。
「やれ…よかった……こいつは おじいさんからもらったもんでね……」
とオル山猫は 何やら長々と説明を始めましたが 二人とも半分も５分の１も 聞いていませんでした。
「……でも この時計 針がたくさんある……」

ザザがのぞき込んで言いました。

じっさい　その時計には針が二本もありました。

「そうですとも　いっぱいあるんだ」

「でも　ちっとも動かないねえ……」

「動くと　目がちらちらして使いにくいと　おじいさんが言って
いたな　これはこう……」

とオル山猫は　手で針をいろいろ動かしました。

「自分で　好みの方へ　好きなだけ回すのです」

「ふうん……」

二人は　感心したような　しないような　ため息をつきました。

なんだか　ホフぎつねの自分で動く一本針時計の方がいいよう
な気がしましたが　それは言いませんでした。

「それで　それいったい　何につかうんです？」

ザザがききました。

「もちろん　時計ですからなあ“すべき時”を決めるのです」

「はあん？……“すべき時”……」

イーム・ノームは首をかしげました。

「……それはですな“お　これから散策しようかな”と思った
ら……ほら……この通り（そう言って　オル山猫は　時計のは
りを１時に合わせました）“午後の散歩の時間”になるのです」

「ふうん……」

「……それでですな“お　これからミルクココアがのみたいぞ”
と思ったら……ほれ……この通り（そう言って　オル山猫は
今度は針を３時に合わせました）“おやつの時間”になったで

66

しょう」
「ふうん……」
二人とも 感心したようなしないような 返事をしました。
「……それでね いまはほら……だから ミルクココアの時間なんですな」
そうオル山猫がもう一度念をおしたので ザザはやっと気がついて 熱いお湯で三人分のミルクココアをつくり始めました。
オル山猫とイームは それをだまってじっとみつめました。
そうして イーム・ノームはそれをみつめているうちに さっき忘れていたものが何だったかやっと思い出したのでした。
(そうだ……ぼくはやく家に帰ってあっついココアをのもうと思いついたんだったよ……)

イーム・ノームとクふくろうが同じことを2度思いつくこと

「そうともさ……今日は この前みたいに 忘れないようにしよう……どうも ぼく すぐ忘れっちまうから……」
そう自分に言いながら イーム・ノームは 春まっさかりのあたたかい草の上を あっちへ行きこっちへ行きしながら 歩いて行きました。
というのも あっちには ようやくつぼみをもちはじめた赤や白や黄色の花がありましたし こっちにはもうすっかり花ひらいた 金色のふくじゅ草があったりしたからです。

そうして　ふくじゅ草なんか見ていると
(ああ　家にもって帰ろうかしらん)
などと　いつも思うのです。
(毎朝　目が覚めて窓を開けると　そこにこんな金色の花がある
なんて　いいだろうな)
と　思うのです。

(でも……)
と　イーム・ノームは思いました。
("今日は　ふくじゅ草見に出かけたいなあ"と思って　それをさがしに遠くへ行くのもいい……)
そこで　イーム・ノームは"格言"をひとつ思いつきました。
それは"遠ければ遠いほど　楽しみなり"というのです。

(そう　でも　あんまり遠すぎると　くたびれる　フンフン……)
イームは　鼻唄をうたいながら
(そうだ"でも　あんまり遠すぎると　くたびれる"というのを
後につけたすと　もっとよくなるな)と思いました。

「"遠ければ遠いほど 楽しみなり。でも あんまり遠すぎると くたびれる"」
イームは 声に出して言ってみました。
(ふうん……なんだか 足りないぞ……ふうん……ああ こうしよう)
「"遠ければ遠いほど 楽しみなり。でも あんまり遠すぎると くたびれる。だから おべんとうを持っていこう"」
(うん 少しよくなったみたい でも……なんだか いげんがなくなったみたい……)
そこで イーム・ノームは また考え直しました。
「"遠ければ遠いほど 楽しみなり。でも あんまり遠すぎると くたびれる。それ故 各自おべんとうを 持参すべし"」
(うん……いいんじゃないかしらん)

そこまで考えると　イーム・ノームは　やっと満足しました。
そうしたら　ちょうど折よく　むこうからミーメがやって来たのです。
「おや　ミーメ　こんにちは」
「あ　こんにちは　イーム・ノーム」
ミーメは　ぱたぱたやって来ました。

「あのね　私　ふくじゅ草とりに来たの」
「ああ……そうなの　ぼくも　どっかへ行くところだったよ」
「ふうん　どこへ？」
「うん……」
イームは首をかしげました。

（どこだったかしらん……）
「やっぱり イームも ふくじゅ草 とりに来たの？」
「うん……きっと そうかも知れないけど……そうでないかも知れないんだ……」

「ふうん じゃ私といっしょに ふくじゅ草とらない？」
「ああ ふくじゅ草……ああ それぼく とらないことにしたんだ」
「ふうん どうしてかしら？」
「それはね こうなんだよ。"遠ければ遠いほど 楽しみなり"なんだ。だから ふくじゅ草は 遠くにあった方がいいんだ。そして "でも あんまり遠すぎると くたびれる" からね。"それ故 各自おべんとうを 持参すべし" と思うんだ」
「ああ ふうん……」
ミーメは首をかしげました。
「イームって むずかしいのわかるのね」
「うん これ 今ぼくのつくった"格言"なんだよ」
イームはうれしくなって ちょっと とくいそうに 空を見てくしゃみしました。
「ね……ミーメ おべんとう 持って来た？」
「いいえ」
「あ……そう……」

イームは残念そうに 目をぱしぱしさせました。
「でも なんだかふくじゅ草は ほんとうに遠くにあった方がいいって 私にも思えて来た」
「うん そうだよ。そして……おべんとうもあったら もっといいね」
「うん」
「ぼく……そうだ……これから何しに行こうと していたんだったろう。たしか"おべんとう"に 関係のあることなんだよ」
「ふうん おべんとうもって どこか行くつもりだったの？」
「ああ……そうなんだ そうだったよ ぼく ミーメやザザもいっしょに おべんとう持ってどこかへ行こうと 思いついたんだ。だって もうすっかり春なんだもの」
「ああ それ とってもいいことねえ」
ミーメはうれしそうに笑いました。

「そうなんだ そしてぼく くたびれなくて 遠くへ行けて 楽しいの思いついたんだよ」
「ふうん ほんとう？ それ なあに？」
「それ……何だったかしらん……ぼく ふくじゅ草のこと考えて "格言"つくってたら すっかり忘れちゃった」
「ああ ふうん」

「そうだ　ぼく　また“格言”できたよ。“忘れたら思い出すべし　思い出せねば　忘れるべし”っていうの」

「ふうん　でもそれなら　ザザんところへ行けば　いい考え思いつくかも知れないわ」

「ああ　なるほど……うん　そうだねえ　ザザんとこ行けば　きっといいこと思いついてくれる」

そこで　イーム・ノームは　また考えました。

（“忘れたら思い出すべし　思い出せねば　一番の友達に思い出してもらうべし”にしよう）

＊

さて　ザザのところへイームとミーメが来てみると　ザザは外で　入口のところにこしかけてクふくろうと話していました。

クふくろうが他の家に訪ねて来るなんて めずらしいことです。
「こんにちは クふくろう！」
イームとミーメは大声で声をかけました。
クふくろうは びっくり驚いて ふり向きました。
「あ……や……」
クふくろうは 目をぱしぱしさせました。
「う……うしろから急に とつぜん声をかけないでもらいたい……わしはとっても びっくりするたちなのじゃ とくに昼間は」
「……ごめんなさい どうすればよかったかしら」
ミーメが申し訳なさそうに言いました。
「ク……ふ…… たとえばだね 最初に"こー"と かすかに言うのじゃ」
「"こー"って 何です？」
イームが首をかしげました。
「"こんにちは"の
"こー"じゃよ」

「あ……ふうん　そうしたら　次は"んー"と言うの？」
「いやいや"こー"とかすかに言ったくらいでは　わしはまだ気付いておらんのだ。それで　もう一度"こー"と　今度はもう少し大きく言うのじゃ　もちろん　かすかにだよ」
「ええ」
「すると　わしは"おや　何だろう"と　心の中でぼんやり思う」
「あ……ふうん　それから"んー"と言うんですね」
イームが言いました。
「いやいや　まだわしは心の中でぼんやり思っただけじゃ。そこでだね　もう一度"こー"ともう少しだけ大きく言ってもらいたい。もちろん　かすかにだよ」

「ええ」
「すると　わしは"おや　だれか"こー"と言っているな"とわかるというものさ」
「あ……ふうん　それから"んー"と言うんですね」
「いやいや　まだ　わしはその"こー"は　いったい"こんばんは"の"こー"なのか"こんにちは"の"こー"なのかなあと考えてみるのじゃ」
「ええ　でも　いつになったら"んー"を言っても　いいのかし

ら」

ミーメは目をぱしぱしさせてききました。

「いや　ミーメ嬢さん　これは“こー”を味わっておるのじゃよ。だから　まだまだ“んー”になりません。何でも……ク……ふ……急がずに味わうんじゃよ」

「ええ　わかりましたわ」

「ク……ふっ……ところで　わしはまだ“こんにちは”を言っていなかったな。こんにちは　ミーメ　こんにちは　イーム」

「こんにちは　クふくろう」

二人は　もう一度言いました。

「クふくろうはね」

ザザが言いました。

「舟をみつけたんだよ」

「舟？」

ミーメとイームは　何だろうと思って　顔を見合わせました。

「さよう　舟じゃ。舟なんじゃよ。しかもわしのいる森の中に　捨てて

あったのだよ。そこで　わしは思いついた。こんなに　春がうららかにやって来た……うららかにやって来たのだ……」

そこで　クふくろうは　目をぱしぱしさせました。

何を思いついたのだったか　うっかり忘れてしまったのです。

「ええと……」
「……ああ そうだ」
急に イームは思い出しました。
「何かね イーム君」
「あのですね クふくろう ぼく おそらく あなたの 思いついたこと きっと ぼくも さっき思いついたんですよ」
「何？ わしの思いついたことを 君も思いついたのかね」
「きっと 多分そうだと思うんです」
「すると……何かな 君が思いついたのを わしも思いついたという訳かね」
「いえ あなたの思いついたことを ぼくも思いついた 訳なんです」
「なるほど 訳がわからん なるほど ではイーム君 あんた先に 言ってみたまえ」
クふくろうは まだ思い出せなかったので ともかくほっとして 言いました。

イームは 話しました。
「それはですね クふくろう こんなに春がぶらぶらあたたかく やって来たんだから ぼくたちもみんなでぶらぶら川下りしたらいいな と思ったんです」
「ク……ふ……そうである まさにその通り わしと同じじゃ」
クふくろうは また目をぱしぱしさせました。
「やあ それは とてもいいな」
ザザもミーメも よろこんで賛成しました。
クふくろうは いかめしく 目をまばたかせました。
「ク……ふ……まさしく 川下りは"遠ければ遠いほど 楽しみなり"という格言にぴったりじゃな」
イームは驚いて ききました。
「おや その格言 どうしたんです？」
「いや なに イーム君 わしがさっき つくったのじゃ」
「あ……そうなんですか？」
イームは首をかしげて 考えました。
（おかしいぞ たしかにぼく あれさっき ぼくがこしらえたような気がする……）
「いや なに イーム君 ついさっき

わしが ここへ来る途中で ひらめいたのじゃよ。というのは
わしがここへ来る途中　くるみの木の上で　しばらく休んで目
を閉じておると　はっきりとまるで声がきこえるみたいに下か
らひらめいたのじゃよ」
「ふうん……下から？」
「そうなんじゃよ　くるみの木の真下から
ぶつぶつとひらめいたのじゃ」
「はあん……ぶつぶつと？」

「まだ先がある
　"でも　あんまり遠すぎると　くたびれる"
　というんじゃ」
「はあん……」
「しかし　川下りは　遠くへ行ってもくたびれんしな」
「はあ……」
「だがイーム君　まだ先があるのだよ
　"それ故　各自おべんとうを　持参すべし"
　ここが大事なところだ」
「はあん……」
「なかなか　よいであろう」
「あ……ええ……そうですね」
イームはとまどって　答えました。
「ク……ふ……　気に入らんかね」
クふくろうは　少しがっかりしたように言いました。
「いいえ　クふくろう　とくにおべんとうのところが　ぼくも好
きです」
イームはあわてて答えました。
「クふ……そうじゃ　わしもさ」
クふくろうは　満足そうに言いました。
そうしてみんなは　あともう少し春が進んで暖かくなった頃に
川下りをしようと　約束したのでした。
そこでクふくろうは　昼の光にまぶしそうに　目をぱしぱしさ
せて

「ではみんな　そのときに　舟を取りに来たまえ」
と言うと　また ぱたぱたと森の方へ帰って行きました。

みんながおべんとうを忘れそうになったこと

イーム・ノームは目が
覚めて思いました。
(そうだ 今日は何
の日だろ……何かの
日なんだ……だって
きのう寝る時"明日は特
別の日だぞ"と思ってか
ら眠ったんだもの……)
イームは天井を見つめな
がら 目をぱしぱしさせ
ました。

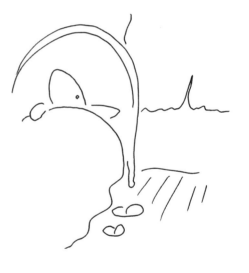

(……ああ 忘れちゃったみたいだぞ……それとも思い出せな
いんだ……おや 戸が"とんとん"言ってる……)
イーム・ノームは ベッドからおりて 戸を開けました。

すると そこにザザが立っていました。
「おはよう イーム」
「やあザザ おはよう きみね とってもいいところに 来たんだよ」
「はあん？ いいこと？ イーム きみ 今朝 とてもいい朝食 つくったのかい？」
「うん ぼくも そいつはいいことだと思うけど そうじゃない」
「じゃ 何だろう でも ぼく いいことすきさ」
「うん ぼくもだよ けれど ザザ きっとこれ ぼくにとってだけいいことなんだよ」
「ああ それでもいいさ イーム きみがいいんなら ぼくもきっと うれしくなるだろうからね」
するとイームは なんだかとてもうれしくなって ふんふん 鼻うたをうたいました。
「……おや きみもう いいことになったの？」
「いや まだだよ ザザ ね きみ知ってるかしらん？ 今日はいったい 何の日なんだろう？ それがわかるのが ぼくにとって いいことなんだけど……」
「ああ イーム きみ……忘れちまった？」
そう言って ザザもふんふんと ため息のように鼻を鳴らしま

した。
「何だろう　ザザ　きみにも　いいことあったの？」
「イーム　そうじゃないよ。今日は　ほら　川下りの日なんだよ」
「ああ……」
イームは天井を向いて　ため息をつきました。
「ザザ……きみがいなかったら　ぼく　川下りの約束も知らずに　今日はぼんやりと　雲を見ながら　野原を歩いていたよ。そうしてこんなことを　考えるんだ"今日は何かしたい日だ　でもそれがいったい何だったか　さっぱりわからない日だ"ってね」
「うん　そうだね　すると……きみまだ　おべんとうもつくってないわけね」
「おべんとう？……ああ……おべんとう……」

イームはがっかりして　つぶやきました。
ザザは別のことを考えているみたいに　そっけなく言いました。
「ぼく　そんなこったろうと思って　ミーメにたのんどいたよ」
「あれ　もしかしてそれ　ぼくのおべんとうのこと？」
「うん」

「はあん……」
イーム・ノームはとても満足して それ以上何も言えなくなってベッドのはしに こしをおろしました。
ザザはおかしそうに イームをみつめました。

それからイームは やっと ザザが 何も持っていないのに気付きました。
「おや ザザ きみ おべんとうは？」
「うん だからね ミーメにたのんだんだよ」
「あ……ふうん？」
「だって ぼくももしか 忘れるといけないだろ」
「ああ ふうん なるほどね」
イームは（ザザは なんて頭がいいんだろう）と感心しましたが ふと思い返しました。
「でもさ ザザ もしミーメが 忘れたらどうするの？」
するとザザは 落ち着いて 答えました。
「だいじょうぶさ イーム ぼく今朝早く起きてさ パンやいろんなもの持って ミーメのところへ置いてきたんだから。ミーメがもし忘れても 大丈夫なようにね」
「はあん……なるほど」
（やっぱり ザザは とびきりゆうしゅうな友達だ）

とイームはまた感心しました。

そこで さっそく二人は前に
約束した通り クふくろうの
いる森へ あの舟をとりに行
きました。
"あの舟"といっても イーム
もザザも それがどこにある
か知りませんでしたから ま
ず クふくろうのところへ行って
きいてみなければなりませんでした。
ところが 行ってみると クふくろうは くぬぎの木の家にい
ないのでした。
「……おや 何だろうねえ クふくろうは どうしていないのか
しらん」
イームはぼんやり クふくろうのくぬぎの木を見上げました。
「そりゃきっと ここでないとこにいるからなんだよ」
ザザもぼんやり くぬぎの木を見上げました。
「ぼくきっとね クふくろうは 今日川下りの日だってこと 忘
れちまったんだと思うよ ぼくみたいに」
イームが言いました。
「ああ そうかも知れない……」
ザザは 光の中で波のようにゆれている木の葉にぼんやり気を
とられて 言いました。

「そうして　いまごろ"今日は何かしたい日だ　でもそれがいったい何だか　さっぱりわからない日だ"と思っているのさ　ぼくみたいに」
「うん　そうかも　知れない……」
二人は　しばらくそこで　クふくろうの帰りを待ちましたが　いくら待っても　クふくろうはやって来ないので　イームは言いました。
「……クふくろう　ぜんぜん　来ないね」
「うん　ちらりとも　来ないね」
ザザもがっかりして言いました。
それから二人は　森の中を歩きました。
もしかしたら　ぱったりと　クふくろうに出会えるかも知れませんでしたから。
でも　やはり　クふくろうは　どこにもいないので　ザザは言いました。
「……クふくろう　ぱったりとすら来ないね」
「うん　ぱったりとも　来ない……」
イームは　すっかりがっかりして　腰をおろしました。
ザザもそのとなりに　腰をおろしました。
すると二人の上をおおっている　しいの木の葉のうしろから　声がしました。
「ク……ふ……おそいではないかね　お二人」
イームとザザは顔を見合わせ　上を見上げました。

「……イーム ぼく クふくろ
うの声を きいたみたいなん
だけど きみどう？」
「うん ザザ ぼくもてっ
きりあれ クふくろうの声
と思っても いいみたいに
思うよ」
すると クふくろうが 葉
のカーテンをそろりそろりと
かき分けて 枝づたいに下へおり
て来ました。

「ク……ふ……おそいではないかね　お二人」
「おや……クふくろう　どうしてこんなとこに いるんです？」
二人は驚いてききました。
「ク……ふ……何を言っておるのかね　お二人　わしは 君たち
をずっと待っていたのだ」
「おや……そうなの……？」
二人はまた 顔を見合わせました。
二人の目はお互いに こう言っていました。
(おかしいぞ　たしか　待っていたのは ぼくたちの方だったの
に)
イームは 目をぱしぱしさせて クふくろうを見上げました。
「あのですね　クふくろう　たしか ぼくたちもあなたを待って
いたのですよ」

「おや……そうかね……しかし待っていた君たちを　どうして
わしも待っていたのだろう」
「それはですね　クふくろう」
ザザが考えぶかそうに言いました。
「あなたは“こっち”にいて　ぼくたちは“あっち”にいたか
らなんですよ」
「ク……ふ……そんなこったろうと思ったよ……“あっち”は
“こっち”ではないからな　そして“こっち”は“あっち”に
はなれない　なるほど……」
「え？……どっちがどっちでないですって？」
イームは　大事なことを聞きそびれたのではないかと思って　き
き返しました。
「クふ……イームくん　わしはこう言ったのじゃ　きみが“あ
っち”にいたころ　わしは“こっち”にいたから　きみの“こ
っち”が　わしには“あっち”だったのさ」
「はあ……」
イームはもう　それについて考えるのはあきらめて
（ああ　なんて　葉っぱはいろいろな緑色をしているんだ
ろう　ほんとうに　いろんな緑の光があるんだ）と思いました。
「でも　クふくろう　どうしてあなた“こっち”で待ってたん
です？」
ザザは　やっときくべきことを思い出してききました。
「ク……ふ……それは当然だよ　ザザ　舟はここにあるのだか
ら」

92

「ふうん……」
ザザとイームは驚いてあたりを見回しました。
でも 舟らしきものはどこにもありません。
「……どこに……舟……あるんです?」
「ク……ふ……お二人 それはまるでわしが木の上にとまりながら 自分で自分に"おや 木はいったいどこにあるのじゃろ"と 言うようなものじゃ」

イームは何のことだろう と首をかしげましたが ザザはすぐに気がついて 立ち上がりました。
「すると!? クふくろう これが"舟"なんですか?!」
そうして いままでイームとこしかけていた 大きな平たい箱のようなものを指さしました。
「そうじゃよ」
クふくろうは いささか とくいげに言いました。
イームとザザはそれをしげしげとみつめました。
それは どうみても"舟"にはみえませんでした。
せいぜいやはり"平たい箱"でしょう。
「……なあるほど」
二人は クふくろうが気をわるくしないように それだけ言いま

した。
「クふ　どうかね」
「ええ……なあるほど」
「気に入らんかね」
クふくろうは　目をぱしぱしさせて　ききました。
「いいえ　こういう舟は　見たこともありませんよ！」
二人とも　思わずほんとうのことを　言いましたが　クふくろうは　その言葉を良い方に解釈して　とっても満足しました。
「クふ……気に入ってくれて　うれしいよ　お二人　ではさっそく　行こうではないかね　川下りに」
「ああ　ええ　そうしましょう」
とにかく　水に浮かんでしまえば　形などどうでもよいではありませんか。
そこで　イームとザザは“よいしょ”とそれをかついで（なかなか大きかったですから）ミーメと待ち合わせている川岸へ行こうとすると　何やら　クふくろうが落ち着きなくそこいらを飛びまわって　イームとザザにききました。
「おやっ……あやっ……きみたち…何か…忘れ物をしとらんかね？」
「え？　何です？」
二人は“舟”を持ったまま　立ち止まりました。
「君たち……ほら……あれを忘れとるだろう？」
「……あれ？」
「あれって　何です？」

イームもザザも首を
かしげました。
「クふ……ほら……
さいしょに"お"の
つくものさ」
クふくろうはまたし
いの木のえだにとまり

じれったそうに 目をぱしぱしさせて言いました。
「"お"？……"おはよう"かしらん……そう言えば ぼくら言い忘れたね ザザ」
「そうだ クふくろう それは"おはよう"ですね？」
「いや いや ちがう もっと……ほら 大事なものだよ」
「何だろう"お日様"とか"お月様"なら大事だねえ ザザ」
「そうだ クふくろう それ"お日様"か"お月様"なんでしょう？」
「きみたち そんなものを忘れるわけがなかろう。だいいち手には 下げてこられんじゃろう」
クふくろうは いかにもじれったそうに 空を見上げました。
「ふうん……すると それ 手に下げてくるもんなんですか」
イームも ぼんやり空を見ようとしましたが"舟"の下にいたので 空はみえませんでした。
「そうじゃよ そいつを きみたちが忘れてきたとすると わしは困るのだよ じつはわしもそれを 忘れてきたのじゃからな」

「ははん……」
ザザはようやく思いついてクふくろうを安心させました。
「それ もしかして さいしょが"お"で 中が"ん"で さいごが"う"のつくものじゃないんですか クふくろう」
「クふ……ようやっと わかってもらえたかね ザザ君」
イームはまださっぱりわかりませんでした。
「つまり お二人 そいつがないと 川下りはただくたびれるだけなのじゃ そんなふうに わしの"格言"にあったろうが "遠ければ……」
「でも クふくろう」
と ザザは クふくろうをすぐに安心させてやったのでした。
「ぼくの分も イームの分も あなたの分も ちゃんともうできているんです」
「……あ……や……ク……ふ……それ……ほんとかね?」
クふくろうは ささやくようにそう言うと ようやくおちついて 翼をゆっくり上に上げたり 下に下げたりしました。
「そうなんです クふくろう ぼくが きのうから ミーメにたのんどいたんです」
ザザがそう言うと イームはようやく気がついて

「そうかっ」と叫びました。
「クふくろう　あなたの言ってるそれ"おべんとう"のことですねっ！」
クふくろうは　その言葉をきくと　空を向いたまま　まぶしそうに　目をぱしぱしさせて　しまいにはすっかり　目をとじてしまいました。
「……イームくん……きみはたいへん　ものわかりがいい……とわしは思う」
「ありがとう　クふくろう」
イームは　喜んで　その言葉にお礼を言いました。
「なんの……」
クふくろうは　それ以上は何も言いませんでしたが　ほんとうはおべんとうを忘れたのではなくて　どうやってつくったらよいのかわからなかっただけなのでした。
なにしろクふくろうは　おべんとうなぞ　いちどもつくったことがありませんでしたから。
でも　いまはみんなと同じように　おべんとうをもっているのです。でもそれよりも　クふくろうは　それをわざわざ自分のためにつくってくれたことの方が　嬉しく思えました。
クふくろうは　ため息をついて　しばらくまぶしそうに　目をとじました。そうして　ぱたぱたと　イームとザザのあとについて　川辺の方へ飛んで行きました。

川下り（1）

イームとザザとミーメが乗っても　その箱の舟は　まだもう一組　イームとザザとミーメが乗っかれそうでした。

クふくろうは　箱のヘリに止まっていたので　ぜんぜん場所をとりませんでした。

「ク……ふ……」

クふくろうは　あんまり満足していたので　さっきからそれだけしか言わずに　目を半分閉じていました。

「あら？　クふくろうさん　やっぱり昼の光は　まぶしいの？」

ミーメがききました。

「ク……ふ……　いや　ミーメさんや　わしは満足しているので　目を閉じておるのじゃ。とくに　あんたさんが　おべんとうをこしらえてくれたのでな……」

すると　イームはなんだか　もうお腹が空いてくるのでした。

「あの……ね　ぼく　なんだか　もうお昼が近いような気がする

んだ」

「あら　そうかしら……」

ミーメは　まだ低い太陽の方を　まぶしそうにちらとみやりま
した。

「私こう思うわ　私たちの影がいちばん短かくならなければ　お
昼にはならないって」

「ああ　ミーメ　その通りだよ」

ザザは　ふんふんと鼻をならして　ゆっくりと言いました。

イームはでも　そんなにがっかりしないで　一心に川面をみつめ
たり　ゆっくりうしろにさがって行くくりの木立やら　かしわ
の木なぞをみつめました。

川面は日の光を　ころころすべらせて　ゆっくりと　ゆっくりと
あんまりゆっくりと流れて行くものですから　イームたちは
あの春先の雪どけの時の早かった流れが　いったいほんとうに
あったことなのかしらん　と思えるほどでした。

そんなふうに舟は　川といっしょに仲よく進んで行くのでした。

「ほら　どうだろうねえ　ぼくたち　いつも川岸で水をみつめて
いると　水じゃなくて　ぼくらの方が後ろへ　後ろへ　流れてゆく
ような気がしたよねえ」

ザザが言いました。

「そうだ　でもいまは　ぼくたち川の上にいるのに　まるで岸辺
の方がどんどん　うしろへあとじさって行くような気がするね」

イームも感心して言いました。

「けれど　ほら　雲を見てごらんなさい。やっぱり雲は　私たち

100

といっしょについて来るみたい」
ミーメが空をふりあおいで言いました。
「ああ　ほんとうだねえ」
ザザも感心して言いました。
「ふうん　すると　いまほんとうに　この中で立ち止まっているのは何だろう」
イームも空を見て言いました。
「ほら……ただ空だけみていると　ぼくたちは止まっているみたいだ」
「ク……ふ……そうじゃ　たとえば　おてんとうさんやお月さんだって　わしらにはゆっくりとのぼったりおりたりしてみえるが　おてんとうさんがたにしてみれば　わしらの方が動いてみえるのかも知れんな」
「ふうん」みんな感心して　クふくろうをみました。
「ね　クふくろう　じゃ　お月さままで　飛んでみたこと　あるの？」
イームがすっかり感心してききました。
「クふ……まだじゃが　いずれそのうち」
「あら　クふくろうさん　いいのねえ。もしお月さままで行ったら　手をふって下さい。私もふりますから」
「クふ　ミーメさん　もちろんじゃよ。しかし……わしはどうも　お月さんはちっとばかし遠いような気がしてな」

「ふうん どのくらい？ ここから
ほら あの西のまだ雪の残っている
山の頂までより遠いかしら？」
　「そうじゃとも ミーメさんや
多分 あそこを往復したくらいは
あると思うのだよ」

　「ふうん……」
みんなが感心していると クふ
くろうは 少し残念そうにつぶ
やきました。
「でもな ミーメさん わしは
もう年をとりすぎて お月さん
までは 行けそうにありませんな」
「ふうん……」
「クふ……みなさん なにかするなら 若いうちですぞ」
クふくろうは またまぶしそうに目を閉じました。
川面の光は まるでこまかなプリズムにあたってくだけたよう
に 散らばっていました。
そうして川岸の景色も みなが話をしているうちに いつの間に
かもう別の景色に変わっていました。
「……おや もう 風景が変わってしまったねえ」
ザザがちょっと驚いて言いました。
「ほら あそこにいるのは 誰かしら？」
ミーメがずっと先の 川岸の一点を指さしました。

「おや……あれはオル山猫だね」
イームが身をのり出すようにして言ったので 舟が少しゆれてクふくろうは驚いて翼を広げました。
「ク……ふ……オル山猫……わしはあのお祖父さんと親友じゃったよ。よく つりをしていたものさ」
「ふうん オル山猫も つりをしていますよ」
ザザがひたいに手をかざして言いました。
やがて舟がオル山猫に近づいたので
みんなはオル山猫に声をかけました。
「こんにちは オル山猫」
するとオル山猫は驚いて
右を見 左を見 そしてう
しろを見ました。

そうして 誰も見えないので
「ああ おそろしく大きな空耳がしたもんだ……」
と言いながら またつり糸をたれました。
そこで みんなはもう一度
「オル山猫 こんにちは」
と呼んでやると オル山猫はやっと自分の前を流れて行く舟に気付いたのでした。
「おや……おや……みなさん……ああ……どうしたんです いま 助けてあげますよ」
そう言って オル山猫はあわてて立ち上がりました。
「オル山猫 どうして 僕たちを助けるんです？」
ザザが不思議そうにききました。
「だって あんたたち 流されてるじゃありませんか」
「流されてるんじゃありませんよ」
イームは言いました。
「しかし だね 現に 流されてるじゃないの」
オル山猫は そわそわと 川岸を舟を追って歩き出しました。
「ぼくたち"流されて"るんじゃなくて"流れて"るんです」
ザザが言いました。
「あ……ふうん……それ いったい どういうこと？」
オル山猫は 首をかしげました。

「私たち 川下りをしているの」
ミーメが言いました。
「はあ…なるほど 川下り」
「クふ……てっとりばやく言えば川下り むずかしく言えば……流されるのを楽しんでおるのさ」
「はあ……なるほど むずかしい 楽しみ方ですね」
そう言いながらオル山猫は またそわそわと その舟に遅れないように歩きはじめました。
そうして急に思いついたように言いました。
「みなさん みなさん 少し待ってくれませんか」
「クふ……そいつは 川に言ってくれたまえよ」
「いえ ちょっとでいいから」
「クふ……だからそいつは 川の水に頼みたまえ。わしらはオールもなし すべて川まかせでな」
「ああ じつは私も 川といっしょに流れてみたいと さっきから思っていたんです」
「おや? そうかね そうは見えなかったが わしはてっきり ただつりをしていたのだと思った」
「いえ ついいましがた 思いついたんですよ」
そこでザザは言ってやりました。
「それなら オル山猫 僕たちの舟

105

に乗りにおいでなさい」

「ええ　いいですか？　やあ　ありがとう」

「クふ……そんならそうと　早く言えばよいものを。待て　待て
というから　わしはてっきり　川を止める話かと思った」

クふくろうはため息をついて　目をぱしぱしさせました。

「クふ……オル山猫　きみはお祖父さんと　そっくりだね」

「おや　そうですか」

オル山猫はにこにこして言いました。

でもクふくろうは（お祖父さんみたいにどうもまわりくどい言
い方をするね）と言ったつもりでした。

「みなさん　みなさん」

オル山猫は　あいかわらず川岸をそわそわ歩きながら　言いま
した。

「何かね　オル山猫」

「みなさん　少し待ってくれませんか」

「クふ……全くきみは　お祖父さんとそっくりだよ。いいから
はやく乗りたまえよ」

「しかし　クふくろう　舟はそっちで わたしはこっち　その間
には　水があるんです」

「クふ……舟はこっちで

　　　　　きみはそっち

　　　　その間には　水がある

　　　　　　　フンフンフン」

クふくろうは思わず鼻うたを　うたいました。

そうして ふと思いついて
足でしっかりと舟べりをつか
むと 翼を広げ いきおいよくば
たばたと羽ばたきました。
すると舟は そのおかげでゆっくり
と川岸に近づきました。

「まあ クふくろうさん すばらし
い思いつきだわ」
「なんの……ミーメさんや……くたびれるだけです」
そうして クふくろうは ほんとうにくたびれて しばらく息を
ついて 目をとじました。
「ああ どうもありがとう クふくろう」
オル山猫は 何度もおじぎをし お礼を言って舟に乗り込むと
さっそく例のあの時計をとり出しました。
何だろうと みないっせいに オル山猫の時計をみつめました。
そこでオル山猫は 時計のはりをきっかり10時に合わせまし
た。

「……ふうん どうして そこに合わせる
んです？」
イームはけげんそうにききました。
するとオル山猫は少しとくいげに言うのでした。
「ほら こうするとね ほら"今こそ川下りの時が来た"ってわ
けなんです」
「ふうん……」

イームとザザとミーメは　わかったような　わからないような
ため息をつきました。

そうして　クふくろうだけはしばらく黙っていましたが　やが
てこう言いました。

「まったく！　オル山猫　きみはほんとうに　きみのお祖父さん
そっくりだよ」

それから　クふくろうもため息をついて　またまぶしそうに目
を閉じました。

オル山猫は　舟の上から　さっそくまた　つり糸をたれました。

そうして　すっかり感じ入った様子で　言いました。

「ああ……こんなところで　つりをしたのは　はじめてですよ」

「クふ　そうじゃ　オル君」

クふくろうは　ふと思い出したのでした。

「……きみ　もしかして"お"のつくもの　もってきたろうね
え」

クふくろうは　さも大事なことのように　言いました。

「何です？　"尾"がついているかって？　私たしかに自分のし
っぽ　あると思うんですが……」

オル山猫はうしろを向いて　自分のしっぽを確かめて安心しま
した。

「ほうら……やはり　ありました」

「クふ　ちがうよ　さいしょが"お"で　おわりが"う"のも
のを　もって来たかと言っているのじゃ。もしや　そいつを　さ
っきの川岸に忘れたのではないかと思ってな」

「はて？……さて……何でしょうね　それは……」

オル山猫は首をかしげました

そうしていつまでも　「はて……さて……」をくりかえしているので　ザザがそっと「"おべんとう"だよ」と教えてやりました。

「ああ　はあ　なるほど……でも私がおべんとうを持っていたら　実におかしなことになるんですよ　クふくろう」

オル山猫は言いました。

「クふ？　どうしてかね」

「だって　ほら　私がこうしてつりをしているのは　昼食のためなんですから」

「クふ……」

「昼食をつりに来るのに　おべんとうをもってるなんて　おかしいでしょう？　もっとも　できれば　そいつもいいけど……」

「クふ　なるほど」

クふくろうは感心したように言いました。

「つれたらみなさんにもごちそうしましょう　川の上で昼食なんて　いいですからねえ」

オル山猫ははりきって言いました。

「ああ　それなら……」

と　イームもうれしくなってききました。

「いったい　さっきから　何匹つれました？」

オル山猫はしばらく空をみつめて思い出すように言いました。

「……まだ１匹も……」

「……おや？……そうですか」
イームは少し心配になってききました。
「ふだんは いつも 何匹くらいつれます？」
「そう……ね……わたしは ふだんあんまり
つらないことにしてますから……」
「あ そう　１０匹くらい？」
「いや そんなにはつりません」
「９匹くらい？」
「いや もうちょっと少し」
「８匹くらいかしら？」
ミーメがききました。
「いや まだちょっと多すぎ
ますよミーメさん」
「クふ オル君 ほんとうは２ ３
匹ではないのかね？」
クふくろうが　ひといきに数字を下げましたが
オル山猫はまだ首を横にふりました。
「いえ　１匹とれたら まあいい方です」
「あ……ふうん」
みんな　なんだか　妙に感心して ため息をつきました。
だって　オル山猫は そのとれるかとれないかの１匹のために
朝からずっとつり糸をたれたままなのですから。
「オル山猫　毎日つりするんですか？」
イームがききました。

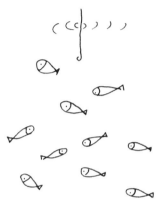

「ええ　もちろんですよ」
「オル山猫さん　それで　たいくつしません？」
ミーメがききました。
「いえ　ミーメさん　私はその間　まるで魚と話しているような気持になっちまうんですよ"どう？　ちょっと来てみない？"とか"ほら　ちょっと雲の方に上がっておいでよ"とかね」
「ふうん」
ミーメは感心しました。
すると　クふくろうが言いました。
「ああ　オル山猫　きみはほんとうに　わしの親友だったきみのお祖父さんとそっくりだな……」
そうして　クふくろうは何か遠いものを思い出すように　目をとじました。
あいかわらず　川面はまぶしく光を反射して　舟に光のもようをつくっていました。

川下り（2）

　　流れる　　流れる
　　　　　川は流れる
　どこから　流れる？
　　　　春の方から
　どこへ　流れる？
　　　　　夏の方へ…

おや　とみんな　耳をすませました。
みんなが話をしているうちに　川岸の景色はまた移って　別の
景色になっていたのでした。
そうしてその景色のいちばんむこうっかわに　誰かこしをおろ
して　うたっているのでした。
「……おやっ　あれはホフぎつねだ」
イームがまた身をのり出したので　舟がゆれ　クふくろうは驚

いて 翼をぱたぱたと広げました。
「ク……ふ……こんどはいったい 誰だって?」
「ホフぎつねですよ クふくろう」
ザザが言いました。
「クふ ホフぎつねは うたもうたうのかね」
「ええ いろんなうたを」
「ほう するとわしがくぬぎ森でよくきくうたは ホフぎつねのかな?」
「そうかもしれませんね」
ザザがそう言っているうちに もう舟は ホフぎつねの前にやって来ました。
「……おや こんにちはみなさん 川下りですね」
ホフぎつねは ぼんやりと腰をおろしたまま そう言いました。
「ええ そうですよ ホフぎつね こんにちは」
みんなで「こんにちは」を言い合うと
ホフぎつねはやはりぼんやりと
みんなをみつめて すわっ
たままでした。
「おや ホフぎつねは
わしらといっしょに
来たくないのかな?」
「いえ そんなことは
ないでしょう」
ザザは声をかけました。

「ホフぎつね　ぼくたちといっしょに　川下りしませんか？」
すると　ホフぎつねは　いかにもうれしそうに
「ええ　ありがとう」
と言いましたが　やはりぼんやりと　すわったままでした。
クふくろうは　それをみると　ため息をつきました。
「つまり　やれやれ　またわしの出番ということか……」
そして　クふくろうはまた両足でしっかりと舟のへりをつかみ
翼をばたばたさせました。
すると舟はゆっくりと川岸に近づきました。
「ありがとう　クふくろうさん」
舟が川岸につくと　ホフぎつねはていねいにお礼を言いました。
「なんの……ク……ふ……」
クふくろうは　またしばらく息を休めるために　じっと目を閉じ
ました。
ホフぎつねは　ゆっくりと舟にのって　言いました。
「とまるのは　いったいあなたがたか　わたしかと　考えていまし
た」
「なるほど　たしかにそうです」
オル山猫も言いました。
「わたしもさっき　この舟にのるとき　そう思ったんです」
「クふ……けっきょく止まっておるものなぞ　この世にはないの
じゃよ　ところで　ホフさんは何をしとったのかね？　つりの
ようでもなし……」
「ええ　何もしていませんでした」

115

「クふ　わしと同じじゃな　わしもたいてい 何もしておらん」

「ええ　さっき私は“何もしていない”とも 思いませんでした」

「クふ　わしと同じじゃ　わしもそう思うのさ　しかし　何もしていないということも 何かしていることじゃよ」

「ええ　やはり 何かしているのですね」

「ふうん……」

イームがききました。

「ホフぎつね　何もせずに何をしていたの？」

「ええ“何もしないこと”をしていましたよ」

「ふうん……」

イームは首をかしげました。

「ぼんやり 休んでいたみたいだったけど……」

「ええ　何もせずに休んでいました。ちょっとさがしものをしていたもんですから」

「おやホフぎつね　時計でもなくしたの？」

ザザがふと思い出してききました。

「いえ　時計はここに（といいながらホフぎつねはあの例の一本針の時計をとり出しました）あるんですが……止まりましてね」

ホフぎつねは少しさみし気に言いました。

「ほう……」

オル山猫が感心したような 驚いたような声を出しました。

「あなたの時計は動くんですか」

116

「ええ　そうです　でも　今は止まっているんです」

「ネジをまきましたか？」

「ネジ？」

「ネジですよ　時計をうごかす……」

「……ネジ……？」

「ほらこれですよ」

そう言いながら　オル山猫は　ホフぎつねの時計のネジをまきました。

すると時計はまた動き出しました。

「おや……おや……おや……」

ホフぎつねは　感心して時計をみつめました。

「オル山猫さん　あなた　生き返らせました　この時計を……」

「いや……いや……まあそうです」

オル山猫は少しとくいそうに　自分の時計をいじくりました。

「おや　オル山猫さん　それは何です？」

ホフぎつねは　やっとオル山猫の時計に気付いて　ききました。

「いや　いや　なに　時計です」

「ホ……フ……それはずい分と針がありますねえ　２本も」

「ええ　そうでしょう」

オル山猫はホフぎつねの前にそれをさし出しました。

「ではオル山猫さん　これで春も夏もはかれるというものですねえ……」

ホフぎつねは感心して言いました。

でも　オル山猫はけげんそうに　きょとんとしただけでした。

「ホフぎつね　オル山猫のは　何にも測れないんですよ」
ザザが言いました。
「ホ……フ……では何を測るんです？」
「何だか　何でもきめるみたいですよ」
イームが考えぶかげに言いました。
「そうです　たとえばですね」
オル山猫は　さっそくはりを12時に合わせました。
「……こうすると　ほら　今はもう〝昼食の時間〟になったので
す」
「ホ……フ……」
ホフぎつねは　感心したような　しないような返事をしました。
でもみんなは自分の影をみつめ　それがいちばんみじかくなっ
たので（おや　そろそろ　ほんとうにお昼の時間になったぞ）と
思ったのでした。
「クふ……ホフさんや　あんたもしかして　さいしょに〝お〟の
つくものは　もっとるかねえ？」
クふくろうは大切なことのように言いました。
するとホフぎつねはすぐに答えました。
「いいえ　もっていません」
「おや　ホフぎつね　それが何だかよくわかりましたねえ」
イームは感心して言いました。
「いや　イーム　わたしは〝お〟でも〝み〟でも〝あ〟でも　持
っているものといえばこの時計だけなんです」
「ああ　ふうん」

「でもイーム　実をいうとわたしはついきのうまでは“こ”の
つくものは持っていたのです」
「ふうん　それは何？」
ミーメが首をかしげて興味深げにききました。
「それは“こしかけ”というものですよ　ミーメさん」
「ふうん　それ　椅子のことですねえ？」
「そうですよ　ミーメさん　でも　私の“こしかけ”はさやさや
言う葉ずれの音をきいたり　こもれ日があっちこっちを踊りま
わるのを眺めていたり──“つまり何にもしない”ために特別
こしらえたもんなんでしたよ」
「ふうん　そんなこしかけ　いいわねえ。でも　それをどうした
の？　なくしてしまったの？」
「ええ　そうなんです。それをさがしていて　それからくたび
れて　あそこで休んでいたという訳なんです」
「クふ　なにかね　そいつは大きいものかね？　それとも小さ
いものかね？」
「そう……大きさは　ちょうど“こしかけ”くらいのものです」
「クふ……つまり　大きいのかね」
「……ええ……ちょうど…そう…この舟くらいです」
「どんな形をしているの？」
イームがききました。
「……ええ……ちょうどそう…この舟のような形です」
「それ　どこにあったんです？」
ザザが何となく心配になってききました。

「……ええ　クふくろうの住んでいる　くぬぎ森の中のしいの木
の下です。あそこは私のいちばん好きな場所ですから……」
「ああ……」
「はあん……」
「ク……ふ……」
ザザとイームとクふくろうは　そっと顔を見合わせました。
やがてザザが言いました。
「あの……もしかして　ホフぎつね　ぼくたち あなたの〝こし
かけ〟をみつけましたよ」
「ホ……フ……ほんとうですか　ザザ……で？　いったいどこ
にありました？」
「ええ　いまここに あるらしいんです」
「ホ……フ……？」
ホフぎつねは辺りを見まわしました。
「……ザザ　いったい どこでしょう？　私には見えませんが
……」
「ホフぎつね　あなた今 その〝こしかけ〟にこしかけているん
ですよ」
イームがおずおずと 言いました。
「ホ……わたしがこしかけている……？」
ホフぎつねは下をみましたが　もちろんそこにあるのは舟でし
た。
「しかし……イーム　これは舟ではありませんか」
「ええ　ひっくり返すと〝舟〟　またひっくり返すと　あなたの

"こしかけ"になるらしいんです」

ザザがゆっくりと確かめるように言いました。

「ホ……」

「ク……ふ……」

クふくろうはそれしか言わずに　もう目を閉じてしまいました。

「ホ……つまりこれが　わたしのこしかけ ですって?!」

「気を悪くしないで下さい　実は……」

イームが言いかけると　ホフぎつねはさも嬉しそうに言いました。

「つまり　わたしのこしかけは 川の上にもこしかけられるという訳なんですね　イームにザザ」

「ええ　そうみたい……」

「そうして 森のこしかけにもなる」

「そうですわ　ホフぎつねさん」

ミーメも感心して言いました。

ホフぎつねはひざをぽんと打ちました。

「ホっ　フっ　これはすてきな思いつきだ……いったいだれがこんなことを思いついたんですか　イーム」

「ええ　それは……クふくろうです」

イームはホフぎつねがちっとも気を悪くしていないので 少し安心して言いました。

クふくろうは自分の名前が言われたので 驚いて 目をぱしぱしさせました。

「ク……ふ……申しわけない……」

「とんでもない　クフくろうさん　これからわたしは　あるときは森の中でゆらゆらとこもれ日がはねとぶのを見られるし　またふと思いついて川の上にこんなふうにこしかけて"ああ　いったい何がうごいて　何が止まっているのだろう"と　ぼんやり考えにふけることもできるんですよ。もちろん　みなさんといっしょにね」
「クふ　そうかね　気に入んなさったかね」
クふくろうは急に元気づいて　翼をぱたぱたさせました。
「もちろんですとも」
ホフぎつねはまたひざをぽんとたたいて　満足そうに言いました。
「そうじゃ　ではこの舟の名を"ホフぎつねのこしかけ号"としよう」
クふくろうは安心して　満足そうに言いました。
みんなはだれも　それにいぞんがなかったので　その舟は
"ホフぎつねのこしかけ号"
となりました。

それから　とうとう　だれのかげもいちばんみじかくなったので　みんなはミーメのつくったお昼のおべんとうを食べました。
川はゆっくり　ゆっくりと　みんなを運びました。
みんなは　まったく見知らぬ丘や森に出会うと　それに新しい名前をつけました。

そうして川はとうとう大きな湖へ出て　おしまいになりました。

*

さてその日の夕がた　イームもザザもミーメも他のみんなも帰るとすぐに　くたびれて寝てしまいました。
何しろ　そのことを　みんなすっかり忘れていたのです。
川を下に流れていくのは楽でしたが　帰りはみんなで舟をかついで　遠い道を歩かなくてはならないことを。
でもクふくろうだけは　かつぐこともできなかったので　やはり"遠ければ遠いほど　楽しみ"だった　と思いながら　夜中のくぬぎ森の中で　ホウホウといつまでもうたっていました。

　　ホウ　ホウ
　　　　流れる　流れる
　　　　　川は流れる
　　　どこから　流れる？
　　　　思い出から
　　　どこへ　流れる？
　　　　思い出へ

エピローグ

イーム・ノームはミーメといっしょに
ホフぎつねのこしかけ号にこしか
けていました。
(今はもうそれはただの"こしか
け"になって　くぬぎ森のしい
の木の下におかれてありました)
イームとミーメは　春の森のこも
れ日が　あちらこちらにこまかな
まだらもようをつくりながら　ぼん
やりとゆれているのを　眺めていました。
そうして　イームは考えごとをしながら　知らず知らずひとり
言を言いました。
「……冬のときは冬しかなかったのに……今はもう春しかない
んだ……でも　いったい　いつ冬は春になっちまったんだろう
……」
そしてミーメにききました。
「ね……ミーメ　冬が春になったときの　そのちょうどの境目
思い出せる？」

「ちょうどの境目？……ううん 思い出せない」
「するといったい どうやって 冬は春になっちゃったんだろう」
「さあ……ほんとね きっと 春は冬の中に じっとかくれていたんだわ」
「ふうん……じゃ この春の中にも 夏が
じっとかくれているのかしらん……」
「ええ きっと」
「それ どこに だろうね」
イームは辺りを見まわしました。
そうして また考えました。

「ね ミーメ ぼくたち"春がやって来たんだ"と思ったら いつのまにか ほんとうに 春だったろう？」
「うん」
「だからさ 春って ぼくたちの心の中に じっとかくれていたんじゃないかしらん」
「ああ ふうん そうかもしれない……じゃ 夏も私たちの心の中に かくれているのね」
「うん きっと そうだと思うんだよ……」
イームとミーメは また黙って 葉の音をききました。
空を流れる雲がほんのわずかの間 森の中をくらくしました。
そうしてまた 太陽の光が返って来ると 森の中を風がそっと こもれ日を散らしながら駆けぬけて行きました。

（おわり）

いわた みちお

1956年網走市に生まれる。
北海道大学理学部入学、卒業目前に中退。以後、創作に専念し絵画や詩、童話を制作する。童話は佐藤さとる氏に師事。同人誌『鬼が島通信』に投稿するかたわら、童話と散文集『雲の教室』と詩集『ミクロコスモス・ノアの動物たち』を出版。
拠点を旭川に移し、旭川の自然を中心に描く。1992年童話集『雲の教室』（国土社）で日本児童文芸家協会新人賞を受賞。
1996年旭川の嵐山をテーマにした詩画集『チノミシリ』出版。
2014年4月心臓発作のため、数多くの作品を残したまま急逝。

友を愛し　善良であれ
（著者による消しゴム版画、見返も同様）

イーム・ノームと森の仲間たち

二〇一九年八月 五 日印刷
二〇一九年八月二十日発行

著者　岩田道夫
発行者　飯島徹
発行所　未知谷

〒一〇一-〇〇六四
東京都千代田区神田猿楽町二-五-九

Tel.03-5281-3751／Fax.03-5281-3752
［振替］00130-4-653627

組版　柏木薫
印刷　中央精版印刷
製本　難波製本

©2019, ぷねうま舎
Printed in Japan
Publisher Michitani Co. Ltd., Tokyo
ISBN978-4-89642-584-0　C0095

〈モグラッパ〉

〈こんがらっぱ〉

〈ほねずみ〉

しっぽに帆を張って
移動するネズミ。
要するに不精なのかも
知れない。
ただこのネズミが近付
いて来ると運が良くなる。

〈よながっぱ〉

夜更かしの好きなカッパ。
夜中じゅう瞑想にひる...

〈はしらっぱ〉

〈カッパ〉

"ちからっぱ"と読む。
夜中に カッパが
吹いているラッパ。ただ、
力が抜けているので、
小さなオナラのよう
にしか聞こえない...

〈月夜のぶらんこ〉

星明りの雲のぶらんこ...

〈豆猫〉

大豆にかくれてる程
小さな猫。危惧
絶滅種なので
なかなか見つ
からない...

〈レストン〉

大空になって出るブタ

〈月夜の浜辺の見ひろ〉

〈くじらっぱ〉

星の降る夜にくじらの吹くラッパ。

〈ほっぺたいこ〉

頬を叩くと
てんてんと鳴る
ほっぺた。

〈明日のジョーロ〉

明日にならないと使えない如雨露。
けれども 明日になると "明日" は
"今日" になってしまうので、いつまで
たっても使えない...

〈とぶねずみ〉

ただ飛んでいるだけのネズミ。
悪い闇にようなくたびれることはしない。